Christophe Joseph Alexandre Mathieu de Dombasle

Question des sucres

Antigonos

Christophe Joseph Alexandre Mathieu de Dombasle

Question des sucres

Réimpression inchangée de l'édition originale de 1838.

1ère édition 2024 | ISBN: 978-3-38605-691-5

Antigonos Verlag est une marque de Outlook Verlagsgesellschaft mbH.

Verlag (Éditeur): Outlook Verlag GmbH, Zeilweg 44, 60439 Frankfurt, Deutschland
Vertretungsberechtigt (Représentant autorisé): E. Roepke, Zeilweg 44, 60439 Frankfurt, Deutschland
Druck (Imprimerie): Libri Plureos GmbH, Friedensallee 273, 22763 Hamburg, Deutschland

QUESTION DES SUCRES.

NOUVELLES CONSIDÉRATIONS;

PAR

C.-J.-A. Mathieu de Dombasle.

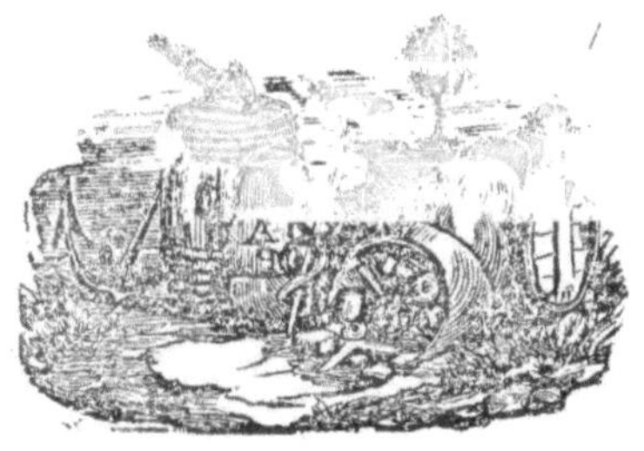

A PARIS,

CHEZ Mme HUZARD, LIBRAIRE, RUE DE L'ÉPERON, N° 7.

A NANCY,

CHEZ GEORGE-GRIMBLOT, PLACE STANISLAS, N° 7.

Décembre 1838.

NANCY, IMPRIMERIE DE A. PAULLET.

QUESTION DES SUCRES.

NOUVELLES CONSIDÉRATIONS.

La question des sucres va se présenter à la discussion des Chambres avec un caractère de gravité qu'elle n'a pas encore eu jusqu'à ce jour. Jusqu'ici, dans les débats qui se sont élevés à diverses reprises sur cette question, les opinions diverses avaient flotté entre un dégrèvement sur le sucre étranger et l'établissement d'un impôt sur le sucre indigène ; mais, parmi les divers ministères qui se sont succédé aux finances, dans les Chambres et dans la presse, on n'avait pas paru supposer possible l'accumulation de ces deux mesures ; et c'est dans cet esprit que les Chambres ont voté la loi qui grève le sucre indigène d'un impôt. Il y a peu de temps encore, les journaux organes du ministère, en faisant pressentir un dégrèvement sur le sucre exotique, regardaient le rappel de la loi sur l'impôt du sucre indigène comme inséparable de cette mesure. Dans des réponses du Ministre aux délégués du sucre indigène, on a exprimé l'intention de donner à la fois satisfaction aux deux industries. De telles expressions sont certes assez claires. Aujourd'hui ce n'est plus de cela qu'il s'agit, et il semble qu'un revirement complet s'est opéré dans les vues de l'administration ; on veut réduire la protection dont les tarifs de douane faisaient jouir la production indigène, en même temps qu'on la grève d'un impôt que l'on se propose d'élever ultérieurement jusqu'au nivellement du droit sur les produits des deux industries. Telles sont du moins les intentions que l'administration a manifestées très-explicitement. Placées sur ce terrain, les Chambres vont être appelées à décider pour longtemps du sort de cette industrie en France.

Pour tous les hommes qui comprennent bien la portée de l'introduction de la fabrication du sucre en France, la question qui domine toutes les autres dans cette discussion, c'est la question agricole; ce sont les rapports qui lient l'amélioration de l'agriculture à la propagation de la fabrication du sucre indigène. Je vais donc indiquer sommairement ces rapports; j'examinerai ensuite quelques autres points de vue de la question des sucres.

L'industrie du sucre ne peut prospérer que là où l'agriculture est déjà fort avancée: une multitude de faits le démontrent. C'est pour cela qu'elle a commencé à s'établir chez nous dans les départements où l'art agricole avait déjà fait le plus de progrès. C'est pour cela qu'il importerait tant, pour l'amélioration de notre agriculture, de favoriser les efforts que tentent depuis quelques années un grand nombre de propriétaires pour introduire cette industrie dans des localités où toutes les circonstances sont très-favorables pour elle, excepté la situation agricole qu'il faut commencer par améliorer pour réussir dans une telle tentative. Chacun comprend que c'est dans ces localités que l'on pourra réellement produire un jour le sucre avec le plus de profit, à cause du bas prix du loyer des terres. Mais pour cela il faut que les premiers obstacles aient été surmontés; et on ne sait pas généralement combien il faut de temps et de sacrifices pour atteindre ce but, pour parvenir à créer autour d'une fabrique, dans un canton où la culture est arriérée, la production d'une quantité suffisante de betteraves pour alimenter la fabrication, et aussi pour obtenir un prix de revient des betteraves qui ne place pas le fabricant dans une position trop désavantageuse, relativement aux industriels qui travaillent dans une contrée où les procédés de la culture étaient déjà fort avancés. Pendant plusieurs années il faudra s'attendre à n'obtenir de terres d'ailleurs assez fertiles, mais travaillées par des mains peu exercées, que de chétives récoltes avec des dépenses beaucoup supérieures aux frais de la même culture dans les pays où la population ouvrière est habituée aux travaux de ce genre. C'est là l'obstacle le plus grave qu'ont éprouvé jusqu'ici les hommes qui ont voulu introduire la fabrication du sucre hors des quatre départements où elle s'est développée d'abord en France, parce qu'elle a trouvé là les circonstances agricoles qui favorisaient la production de la matière première.

Le débat qui s'agite en ce moment est en effet tout autre qu'il ne semble au premier aperçu. Ce n'est pas l'intérêt des quatre départements producteurs de sucre qui serait le plus gravement compromis par les mesures qui arrêteraient le sort de cette industrie : trente départements de la France où l'on ne produit aujourd'hui qu'une petite quantité de sucre, ou même où l'on n'en produit pas du tout, sont infiniment plus intéressés que les départements du Nord et du Pas-de-Calais à l'extension de cette industrie. Dans tout le bassin de la Loire, dans nos départements du Nord-Est et dans toutes les autres localités où le prix du combustible n'est pas trop élevé, pourquoi la fabrication du sucre n'a-t-elle pu s'établir jusqu'ici qu'à l'aide d'énormes sacrifices de la part de ceux qui l'ont tentée ? C'est principalement, comme je l'ai dit, parce que l'art agricole n'y est pas assez avancé pour qu'on puisse y produire immédiatement et à un prix raisonnable les masses de betteraves nécessaires pour alimenter des fabriques. Que l'on ne croie pas que c'est le sol qui s'y refuse : peu de plantes sont plus rustiques que la betterave, et l'on peut la produire avec profit dans toutes les terres à froment. Mais c'est une culture en quelque sorte jardinière et dont les procédés diffèrent entièrement de ceux qu'emploie l'agriculture dans les pays où l'on ne sait produire que des céréales ; et, lorsqu'il est question d'accoutumer à ces procédés les populations rurales, si obstinées dans leurs habitudes, ce n'est pas l'affaire d'une année ou même de trois ou quatre. D'un autre côté, toutes les fautes commises dans la préparation des terres, dans le choix de la semence, dans le mode d'ensemencement ou dans les sarclages, occasionnent dans le produit de la récolte une diminution dont se font très-difficilement une idée les personnes qui ne l'ont pas éprouvé. Ajoutons à cela que presque toujours les propriétaires qui débutent dans cette industrie, dans les cantons où l'agriculture est peu avancée, manquent eux-mêmes d'expérience pratique sur les procédés de cette culture; ensorte qu'il faut qu'ils fassent eux-mêmes leur apprentissage des procédés de culture et qu'ils créent aussi l'assolement dans lequel, selon leur position particulière, ils pourront produire la betterave avec profit, en même temps qu'ils s'efforcent de former autour d'eux une classe d'agents et de manouvriers capables de les seconder. Voilà pourquoi, dans toutes les sucreries que l'on a voulu établir hors des cantons où l'art agricole avait déjà fait de grands progrès, le premier obstacle que l'on a rencontré c'est le défaut de matière première. Ces difficultés, on ne les avait pas prévues, ou du moins on n'en avait pas bien compris toute la gravité. On a créé, avec une dépense de cent mille francs, une fabrique destinée à traiter 4 millions de betteraves, parce que, d'après l'étendue des terres que l'on ensemençait, on pouvait réellement obtenir ce produit à l'aide d'une bonne culture; et, au lieu de cela, on en récolte peut-être un million, souvent beaucoup moins; et, au lieu du prix de 10 francs que coûtent les betteraves dans les cantons où la population est exercée à cette culture, ce qu'on récolte coûte peut-être 24 ou 30 francs le millier.

Qu'on ne croie pas que c'est là une allégation gratuite ou même exagérée; ce n'est que le tableau fidèle de ce qui s'est passé et de ce qui se passe encore dans presque toutes les fabriques que l'on a voulu créer hors de ceux de nos départements où la culture de la betterave s'est établie comme d'elle-même, parce que les cultivateurs et la population ouvrière y étaient façonnés d'avance par l'état de l'art agricole. Un propriétaire fabricant, dans la fâcheuse situation que je viens de décrire, redouble d'efforts, si la persévérance est dans son caractère ; il espère mieux faire les années suivantes ; et, en effet, sa culture s'améliorera progressivement, mais toujours avec lenteur, parce qu'il est beaucoup plus difficile qu'on ne le croit de réunir ici toutes les conditions de succès. Au bout de dix années peut-être, sa fabrique prospère, et il a enrichi son canton, tout son département peut-être, par l'exemple de l'introduction d'un bon système de culture, sans lequel on ne peut produire économiquement les betteraves. Mais combien n'ont pu parcourir cette période ! Combien y ont épuisé leur fortune ou se sont laissés rebuter par des obstacles sans cesse renaissants ! Combien d'autres sont arrêtés depuis quelques années, dans leur projet d'entrer dans cette carrière, d'une part par les difficultés de l'entreprise elle-même, et de l'autre par les dispositions hostiles que le Gouvernement manifeste contre cette industrie !

Ce n'est certes pas dans la Flandre que l'agriculture avait besoin, pour prospérer, de la fabrication du sucre de betteraves : c'est dans la Loire, l'Allier, la Nièvre, la Moselle, l'Aveyron et tant d'autres de nos départements dont elle fera un jour la richesse, si on ne comprime pas son essor. On nous parle de fabriques situées peu favorablement et auxquelles on ne doit ni intérêt, ni protection ; mais ce sont au contraire celles-là qu'il importerait spécialement de protéger, dans l'intérêt de l'amélioration de l'agriculture dans les parties de notre territoire qui en ont le plus besoin.

Une pensée affligeante se présente ici : depuis quelques années on paraît mieux comprendre chez nous l'importance des progrès de l'art agricole, pour l'accroissement de la richesse générale du pays, et la Chambre des députés, si économe des deniers publics, vote largement chaque année les accroissements de crédits qu'on lui demande pour l'encouragement de l'agriculture. Cependant, lorsqu'il s'offre à nous une industrie nouvelle qui ferait cent fois plus pour les progrès de l'art agricole que ne peuvent faire les sociétés d'agriculture et les comices, on veut repousser cette industrie, ou, si on la tolère, c'est en la plaçant dans des conditions où elle ne pourrait plus exercer aucune influence sur les progrès de l'agriculture, c'est-à-dire en la forçant de rester concentrée dans ceux de nos départements où l'art agricole était dès longtemps le plus avancé. Qu'on en soit sûr : sans les menaces d'impôt et la réalisation de ces menaces, cent fabriques de plus existeraient aujourd'hui dans le centre, le midi et l'ouest de la France. On réclame de toutes parts des fermes modèles; mais une sucrerie qui s'établit dans un canton arriéré en industrie agricole, n'est-elle pas la meilleure des fermes modèles?

C'est, dit-on, dans l'intérêt de ses colonies qu'il faut que la France fasse le sacrifice de la production du sucre à l'intérieur. Mais voyons donc comment on comprend l'intérêt que la France doit porter à ses colonies. Outre l'impôt sur le sucre indigène et le dégrèvement sur le sucre exotique, une troisième mesure était proposée : c'était l'autorisation à accorder aux colonies d'exporter directement dans les pays étrangers l'excédant de leur production en sucre. Les colonies semblent regarder cette mesure comme leur seule planche de salut dans la fâcheuse situation où elles se trouvent; et il faut bien dire qu'en France les hommes d'un sens droit et exempts aussi de certaines préoccupations, regardent cette autorisation comme conforme à l'équité autant qu'à la raison. En effet, lorsque la France pouvait consommer tout le sucre que produisaient ses colonies, on a pu, en vertu du pacte colonial, leur interdire de le vendre ailleurs que dans la métropole. Mais lorsque celle-ci produit chez elle une partie considérable du sucre qu'elle consomme, avec quelle apparence de raison pourrait-on forcer les colonies à amener sur nos marchés une masse de sucre qui ne peut plus y trouver un débouché avantageux? Les colonies ne sont-elles pas en droit de dire : Le pacte colonial, c'est vous qui l'avez fait ; vous l'avez fait dans votre intérêt, cela est tout simple ; mais enfin croyez-vous que vous n'êtes pas liés par ce pacte? En vous réservant le monopole de nos exportations, n'avez-vous pas contracté l'engagement de consommer nos produits? En transportant chez vous la fabrication du sucre, n'avez-vous pas rompu ce pacte? Ou prohibez cette industrie sur votre territoire, ou permettez-nous de vendre à d'autres l'excédant de nos produits. Quoi de raisonnable à répondre à cela? Aussi, de la part des personnes qui espèrent que l'on pourra parvenir, par des voies détournées, à quelque chose d'équivalent à la prohibition du sucre en France, on comprend ce refus adressé aux colonies ; mais il serait entièrement incompréhensible de la part de ceux qui auraient foi dans le développement de l'industrie indigène.

On nous dit : cette autorisation n'est pas possible, car ce serait un commencement d'émancipation de nos colonies. Ce mot d'émancipation, il faut bien que nos oreilles s'y accoutument : arrêtons-nous-y donc un moment. Observez le spectacle qu'offre aux hommes de notre temps la chûte de ce système colossal de colonisation que les peuples de l'Europe avaient créé dans le nouveau monde, dans les siècles qui en ont suivi la découverte. Voyez tout le continent des deux Amériques arrivant successivement à l'émancipation par la force des armes, à l'exception du Canada, dont la dépendance tient aujourd'hui à si peu de chose. Pour tout homme raisonnable, y a-t-il probabilité que l'Angleterre puisse retenir ce pays dans sa dépendance, seulement pendant trois ou quatre années encore? Dans les Antilles, les deux îles les plus importantes par leur étendue, Saint-Domingue et Cuba, ont acquis l'indépendance, l'une de droit, l'autre de fait. Cette grande révolution sur toute la surface de l'Amérique s'est opérée dans l'espace d'environ un demi-siècle, sans que jamais cette marche vers l'indépendance ait retrogradé d'un pas. Le vieux système colonial ne conserve plus un souffle d'existence que dans quelques îles très-peu étendues appartenant presque toutes à la France et à l'Angleterre, et qui sont là comme un débris d'un édifice écroulé, gisant au milieu d'une atmosphère d'indépendance et d'émancipation.

Mais de nouveaux événements se pressent et viennent hâter le complément de l'œuvre : l'Angleterre, dans des vues commerciales que chacun connaît, a jugé, il y a déjà quinze ans, qu'il était dans ses intérêts que la production du sucre fût anéantie dans les Antilles. Elle a miné sourdement ses propres colonies avec l'imperturbable persévérance que l'on connaît à cette nation. Enfin le temps est venu ; et les marchands philanthropes, avec un admirable sang froid, ont mis le feu à la mine. La production du sucre est désormais impossible dans les colonies anglaises. Les nôtres attendent aujourd'hui, dans la stupeur et le découragement, le contre-coup d'un ébranlement dont elles étaient évidemment le principal but. Mais la production du sucre est la base des relations de la France avec ses colonies. Pas de production de sucre possible aux Antilles sans l'esclavage ; et le temps est passé où l'on pût discuter même sur le principe ou l'opportunité de la conservation de l'esclavage..... Et vous ne comprenez pas?

Mais qu'allons-nous devenir, dit-on : et nos ports, et notre marine, et nos matelots, que formait le commerce des colonies?..... Eh bien , qu'est-ce à dire? des doléances, de sinistres prévisions ; à quoi cela conduira-t-il ? Est-il possible de conserver nos colonies? N'est-ce pas là la question qui doit dominer ici toutes les autres pour tout homme de cœur et de prévoyance, dans nos ports comme dans le Gouvernement? Et qu'on le remarque bien : cette situation, ce n'est pas le sucre de betteraves qui l'a faite ; seulement, sans son apparition la situation serait bien plus fâcheuse encore pour la France. Des matelots..... Mais en temps de guerre , la guerre les fera ; et pendant la paix, si vous voulez consacrer

à des exercices et à des manœuvres navales les sommes
que nous coûtent nos colonies, vous formerez des marins
au-delà de vos besoins. Dans nos ports, l'habitude seule fait
croire qu'il n'est pas pour les capitaux d'autre emploi profitable.... Mais encore un coup, la question n'est pas là;
avant d'examiner s'il vous est utile de conserver vos colonies, recherchez donc si cela est possible. Les événements
se passent sous nos yeux, nous les touchons du doigt, et le
fait de la rupture de nos relations coloniales n'est de l'avenir
que pour celui qui ne veut pas voir à dix pas devant lui.

Et c'est dans une telle position que vous reculez devant
l'évidente nécessité d'accorder un petit commencement d'é-
mancipation, en offrant aux colonies le seul moyen qui leur
reste de trouver un débouché pour leurs produits? Mais il
faudra cependant bien que l'émancipation commence par
quelque chose. Aimez-vous mieux qu'elle commence par
la fin,.. par une catastrophe? L'exemple de Cuba nous mon-
tre ce qu'on peut faire pour le salut et la prospérité d'une
colonie, à l'aide de concessions libérales accordées à temps.
Dans l'intérêt de la France, d'un autre côté, le seul parti
raisonnable n'est-il pas de voir de sang froid les événements
et d'apprécier les conséquences nécessaires de faits déja ac-
complis, au lieu de se cramponner à un passé auquel d'autres
combinaisons ont succédé? La production du sucre a franchi l'Atlantique. Voilà un fait désormais acquis à la certi-
tude. En vain vous vous efforceriez d'expulser cette production du territoire français : elle envahit l'Allemagne, la
Bohême, la Hongrie et jusqu'à la Russie. De nouvelles combinaisons commerciales se préparent par suite de cette révolution industrielle. N'est-ce pas vers l'avenir qu'il faut
tourner les yeux?..... Encore une fois, la production du
sucre a franchi l'Atlantique. Voilà le fait grave, on peut
dire immense, sur lequel, dans nos ports, dans le Gouvernement, tout homme de sens doit baser ses plans pour l'avenir. Les compensations qu'avait créées au profit de la France
le génie actif de ses habitants, faut-il les abandonner? Si la

France sait tirer avantage de la position qu'elle a prise dans cette industrie, elle y trouvera une source de prospérité qui la dédommagera au centuple de la perte de ses colonies ; et, lorsque la France sera riche et prospère, elle sera toujours puissante et forte au dehors sur les mers comme sur le continent. Mais si le Gouvernement, cédant à des intérêts aveugles et à des impulsions auxquelles la haute administration n'a jamais su résister dans notre pays, continue la lutte qu'il a entreprise pour arrêter le cours irrésistible des événements, si l'on veut tendre le lien colonial au moment où il est sur le point de se rompre, si l'on attend qu'un coup de tonnerre parti des Antilles vienne avertir la France qu'il faut désormais qu'elle demande le sucre qu'elle consomme soit à l'Inde anglaise, soit aux peuples de l'Europe qui auront hérité de l'industrie que nous avons créée, alors malheur à la France, malheur aux colonies.

Si nous considérons maintenant en particulier l'industrie de la production du sucre indigène, que veut-on faire par les mesures que l'on projette? tout simplement créer pour elle, au milieu des industries du pays, une position toute exceptionnelle, c'est-à-dire la grever des charges dont les autres sont exemptes, et lui refuser en même temps la protection dont jouissent toutes les autres. En effet, est-ce que les fabriques de tissus de soie, de laine, de chanvre et de coton sont soumises à l'exercice? Est-ce que les cristaux, les fers, les poteries, les bronzes dorés, les cuirs et les innombrables produits de tous genres que crée l'industrie nationale sont soumis à des impôts spéciaux? C'est donc par une mesure exceptionnelle que l'on a voulu y assujettir le sucre. Mais ce n'est pas tout : les divers produits de l'industrie nationale sont protégés soit par des prohibitions absolues, soit par des droits à l'entrée contre les produits qui viennent du dehors. Et qu'on le remarque bien, les produits des colonies n'ont jamais été exceptés de cette règle et ont constamment été considérés comme étrangers sous ce rapport. C'est ainsi que, dans l'intérêt des produits de la vigne en France, les rhums et les tafias ont été longtemps prohibés et ne sont admis aujourd'hui que moyennant un droit d'entrée très-élevé. C'est donc bien sous tous les rapports une position exceptionnelle que l'on voudrait créer pour le sucre indigène.

Dans l'industrie nationale, un très-petit nombre de produits sont déjà placés dans une position exceptionnelle sous le rapport de l'impôt. Ce sont le sel et les boissons fermentées et spiritueuses. Pour le premier, il est, par la nature même des choses, placé dans une situation exceptionnelle relativement à la production. Quant aux boissons spiritueuses, c'est à peu près dans tous les temps et dans tous les pays qu'on les a placées dans une position exceptionnelle en les grevant de droits, afin d'en modérer la consommation dans des vues de morale et d'ordre public. Je ne veux pas, au reste, examiner ici le mérite des motifs qui ont déterminé les législateurs en France à grever de droits soit le sel, soit les boissons spiritueuses ; mais je veux faire remarquer que ces produits restent du moins dans le droit commun, relativement à la protection contre les produits étrangers : pour le sel, il y a prohibition ; et, pour les boissons, les droits d'entrée sont très-élevés. Ainsi, en plaçant l'industrie du sucre indigène hors du droit commun sous les deux rapports, on veut créer pour elle non seulement une position exceptionnelle, mais une position unique en son espèce et sans exemple jusqu'à ce jour au milieu des industries du pays. C'est à un véritable état d'ilotisme qu'on veut réduire celle-ci, puisqu'on prétend soumettre tous les hommes qui s'y livrent à la privation des droits communs de franchise et de protection dont jouissent en France tous ceux qui travaillent et produisent.

En Angleterre, le gouvernement avait de graves motifs pour empêcher que la fabrication du sucre de betteraves s'introduisît sur le territoire britannique. Pour atteindre ce but, qu'a-t-il fait ? Il a dit avec franchise à ceux qui auraient pu être tentés de fabriquer du sucre de betteraves :

Cette industrie ne mérite pas de participer à la protection dont jouissent les industries nationales. En conséquence, par une décision législative intervenue l'année dernière, la fabrication indigène a été soumise à l'exercice, et les produits ont été assujettis à un impôt égal au droit d'entrée sur les sucres coloniaux. Dans ces termes, aucune fabrique ne pouvait s'établir en Angleterre. En France le langage est un peu différent; mais les actes seraient entièrement les mêmes, si les projets que l'on annonce se réalisaient; les résultats seraient aussi les mêmes, c'est-à-dire l'anéantissement de la fabrication indigène.

Est-ce donc une guerre d'extermination que l'on entreprend aussi en France contre cette industrie?.... Non, si l'on considère les intentions des Ministres, car il faut croire à la sincérité des témoignages d'intérêt qu'ils lui donnent; et nous avons eu, depuis quelques années, bien des occasions de reconnaître jusqu'à quel point l'administration supérieure est induite en erreur par les hommes qui l'entourent, sur ce qui concerne cette industrie, et principalement sur ses rapports avec les progrès de l'agriculture en France..... Oui, sans aucun doute, c'est une guerre d'extermination, si l'on envisage les résultats des mesures que l'on projette; car soumettre l'industrie indigène dans son état actuel au nivellement des droits avec les sucres exotiques, c'est l'anéantir.

La mesure que l'on propose n'est pas encore tout-à-fait le nivellement immédiat des droits sur les sucres des deux origines; mais, que l'on lise la lettre adressée à M. le Président du conseil par les délégués des ports de mer, et que les journaux ont publiée en novembre dernier. On y trouvera que des déclarations faites aux délégués par M. le Ministre du commerce, il résulte que le Conseil des ministres a résolu et arrêté : 1° « que le principe de l'égalité » de droit sur le sucre indigène et sur celui de nos colonies » était reconnu juste ; 2° qu'il serait présenté, dès l'ouver- » ture de la prochaine session, un projet de loi d'urgence

» établissant un dégrèvement de 15 francs par 100 kilo-
» grammes de sucre brut des colonies , *en attendant l'é-*
» *lévation ultérieure et graduelle de celui du sucre indigène*
» *à l'égalité du premier.* » Les délégués ont fait insérer
cette lettre dans tous les journaux, avec cet accent de
triomphe qui sied si bien à celui qui, la veille, a rem-
porté une mémorable victoire ; et leurs assertions n'ont pas
été démenties. Les intentions du Gouvernement ne sont donc
pas douteuses. Eh bien, en mon âme et conscience, je le
déclare, il vaudrait mieux, dans l'intérêt des producteurs
français, en venir immédiatement à ce nivellement complet
des droits, que de laisser *en attendant* au sucre indigène
une apparence de faveur qui prolongerait peut-être encore
l'agonie de quelques fabriques qui ne succomberaient pas
immédiatement.

On dit aujourd'hui aux fabricants : d'après les nouveaux
projets, il restera encore 16 fr. 50 cent. par quintal mé-
trique de différence entre les impôts qui pèseront sur les
deux espèces de sucre, et si l'on y ajoute 15 fr. de frais
de transport que supporte le sucre colonial pour arriver en
France, cela formera une protection bien suffisante pour
le sucre indigène. Que ce soit là le langage des adversaires
du sucre indigène, on le comprend ; mais on conçoit plus
difficilement que l'administration consente à leur servir
d'écho. En effet, si l'on compte au sucre indigène, comme
moyen de protection contre le sucre colonial, les frais qui
résultent nécessairement de la position particulière de ce
dernier, pourquoi ne compte-t-on pas , comme moyen de
protection en faveur du sucre colonial contre le sucre indigène, l'excédant des frais que la nature des choses met à la
charge de celui-ci ? Outre le fardeau des impôts directs et
indirects que la production coloniale ne partage pas, l'industrie indigène est forcée d'employer un combustible fort
coûteux, tandis que le seul combustible qu'on employe
aux colonies, c'est le résidu de la canne dont le suc a été
exprimé. Sans le noir animal, dont la dépense est si consi-

dérable, il serait impossible de fabriquer du sucre de betteraves ; tandis qu'on se passe de l'emploi de cette substance dans le traitement du jus de la canne, dont on extrait, par les opérations les plus simples, une proportion de sucre double de celle que l'on a pu obtenir jusqu'ici du jus de la betterave par des procédés fort dispendieux. Si l'on calcule ainsi avec équité les excédents de frais qui résultent pour les deux industries, de leur position respective et de la nature des choses, on trouvera dans la combinaison projetée, non pas une faveur pour le sucre indigène, mais une prime déjà fort élevée accordée à son préjudice aux sucres coloniaux.

Et puis n'est-ce donc rien que la gêne et les entraves de l'exercice dont les colons sont exempts ? Cette charge, Dieu me garde de l'évaluer en argent ; mais en laissant de côté le chiffre quelconque de l'impôt, c'est bien la plus lourde de toutes celles que l'on veut faire peser sur l'industrie indigène ; car c'est le répulsif par excellence pour les $^9/_{10}$ de ceux qui seraient tentés de s'y livrer. J'en ai dit assez, je pense, pour faire comprendre quelle valeur on doit attacher à cet équilibre que l'on prétend vouloir établir entre les deux industries productrices. Aussi, si l'administration a été induite en erreur sur ce point, qu'elle se désabuse, et qu'elle soit bien assurée que le système dans lequel on l'entraîne est l'anéantissement complet de la fabrication du sucre en France.

On a dit souvent : Pitoyable industrie, et qui ne mérite pas d'être protégée, puisqu'elle ne peut soutenir la concurrence avec les sucres exotiques. Mais voyez si elle n'est pas, sous ce rapport, dans la même situation que les autres industries nationales. Est-ce que la production des fers, des draps, des tissus de coton, etc., etc., n'a pas aussi besoin de la protection des tarifs, pour se soutenir contre l'industrie étrangère ? Et puis, qui doute que la fabrication du sucre ne soit destinée à recevoir encore d'importants perfectionnements. Un jour, je n'en doute pas, elle pourra soutenir toute concurrence, pourvu qu'on ne lui impose pas les entraves de l'exercice ; mais, jeune encore comme elle l'est, vous lui reprochez de ne pas avoir les forces de l'âge viril. Vous trouvez ses progrès trop lents : mais il a fallu à nos filatures de coton 40 ans de travaux et de progrès toujours bien marqués pour parvenir au point de perfection où elles sont arrivées aujourd'hui. Et cependant elles ne peuvent encore entrer en concurrence avec l'industrie étrangère ; et remarquez que c'est une industrie dans laquelle il ne s'agissait que de copier les appareils et d'imiter les procédés déjà créés dans les manufactures de nos voisins. Pour la fabrication du sucre de betteraves, c'était bien autre chose ; il fallait créer à neuf les procédés et les machines pour traiter une matière première dans laquelle l'extraction du sucre est infiniment plus difficile que dans le jus de la canne. Que de changements ont été introduits dans les appareils depuis les premiers jours de cette industrie ! Que de nouveaux appareils surgissent encore tous les jours !... Et à chaque changement, que de dépenses et de non-valeurs pour les fabricants qui sacrifient leurs anciens appareils pour en adopter un nouveau, qu'il faudra peut-être encore bientôt abandonner pour un autre !.... Et l'on s'étonne que cette industrie ne soit pas encore parvenue au dernier degré de la perfection et qu'elle ait encore besoin de la protection des tarifs de douane !

C'est dans l'intérêt du trésor, dit-on, que l'on veut lui conserver la perception sur les sucres exotiques. Mais voyez donc : les revenus de l'État et spécialement les produits des impôts indirects n'ont cessé de s'accroître depuis que la fabrication du sucre de betteraves s'est développée en France. La cause en est, dites-vous, dans l'accroissement de l'aisance générale. Mais croyez-vous que la nouvelle industrie n'ait pas une grande part dans cet accroissement ? Nous voyons s'opérer, au profit de l'industrie nationale, le plus important déplacement de la production industrielle qui ait eu lieu depuis plusieurs siècles sur la surface du monde, et l'on ne voit pas jusqu'à quel point l'aisance générale doit

*

s'en accroître. Les fabricants, leurs familles , les commis et contre-maîtres qu'ils emploient, les nombreux ouvriers qui trouvent du travail et des salaires dans la culture de la betterave et la fabrication du sucre, toute la classe industrielle qui travaille à confectionner les machines et ustensiles de cette fabrication , à produire le noir animal , à extraire la houille que l'on consomme dans les ateliers , est-ce que toute cette population n'emploie pas le produit des bénéfices et des salaires que leur procure cette fabrication à consommer des draps, des toiles, des cuirs et mille autres objets de consommation que leur fournit l'industrie nationale sur toute la surface du pays ? Est-ce que les industriels qui concourent eux-mêmes à la confection des produits consommés par cette population n'y trouvent pas une source de salaires, de profits et d'aisance qui leur permet d'accroître leur consommation en vins, en draps, en sucre, etc. ? Que l'on calcule par quel enchaînement à l'infini l'introduction d'une production nouvelle sur la surface d'un pays accroît ainsi l'aisance générale dans toutes les classes de la population. Voilà comment la production du sucre a si puissamment contribué à accroître cette aisance et par suite la perception des impôts indirects au profit du trésor. Mais combien cette cause ne sera-t-elle pas plus efficacement agissante, lorsque la fabrication du sucre se sera classée , comme elle s'efforce de le faire, dans les parties du royaume où l'agriculture est le moins avancée , et lorsqu'elle vivifiera ainsi la production agricole du pays , base la plus solide du développement de tous les genres d'industrie et de l'aisance dans toutes les classes.

Au reste, quelque opinion qu'on puisse se former à cet égard, le plus mauvais de tous les moyens qu'on puisse imaginer pour subvenir à des besoins quelconques du trésor, c'est d'établir un mauvais impôt, car les mauvais impôts vexent beaucoup et produisent peu ; et ils produisent peu précisément parce qu'ils vexent beaucoup. Tout impôt qui entrave la production est d'ailleurs mauvais, parce qu'il marche à l'opposé du but que l'on voulait atteindre ; car la production, dans toutes ses branches, est la seule source des revenus du trésor, comme elle est la seule source d'aisance dans toutes les classes de la population. L'impôt sur le sucre a été jusqu'ici un fort bon impôt ; mais uniquement parce qu'il pouvait se percevoir sans gêne et sans vexation au passage de la matière par les bureaux de douane. Dès qu'il se fabrique à l'intérieur, le sucre rentre dans la classe de toutes les autres productions que l'on ne songe pas à imposer, parce qu'on ne pourrait le faire sans avoir recours à des mesures gênantes et odieuses, dont l'effet serait d'entraver la production. Je défie qu'on allègue un motif raisonnable pour prétendre qu'il convient d'assujettir à un impôt le sucre ainsi produit, plutôt que les autres objets de consommation qui se fabriquent dans les manufactures de la France. L'habitude de la perception d'un droit à l'entrée des sucres a pu seule faire illusion sur ce point à quelques personnes ; et l'on n'a pas vu que ce produit a changé complétement de situation et de caractère, comme matière imposable, au moment où il a été fabriqué dans l'intérieur du pays. Selon tous les indices de la raison, c'est, au contraire, de tous les produits, celui qu'on devrait le moins songer à assujettir à un impôt ; d'abord parce que l'industrie, si jeune encore, en recevrait des atteintes bien plus graves qu'aucune autre ; ensuite parce que la perception est beaucoup plus difficile lorsqu'elle s'adresse à une industrie dont les procédés ne sont pas encore fixés.

Je n'ai pas besoin de dire combien les formes de l'exercice en général inspirent de répugnance à ceux des propriétaires ruraux qui seraient disposés à fonder des sucreries comme accessoires à des exploitations agricoles ; et cependant ce sont ceux-là spécialement qu'il faudrait favoriser et encourager, dans l'intérêt des progrès de l'agriculture. Mais en considérant seulement les inconvénients qui résultent en quelque sorte matériellement d'une semblable mesure, sait-on, par exemple, ce que c'est que l'exercice pour l'homme qui veut créer de nouveaux procédés? Les difficultés sans cesse renaissantes l'attendent dans la nouvelle marche qu'il veut s'ouvrir. Lorsqu'un obstacle est surmonté, un autre surgit qu'il n'avait pu prévoir. Les mécomptes sont de tous les jours; et il faut qu'il verse dans la mare voisine le quart, la moitié, les trois quarts peut-être du jus pour lequel les premières opérations ont mal réussi; un autre jour il faut qu'il fasse consommer par le bétail des masses de sirop pour lesquelles on a perdu tout espoir de cristallisation. Ces tâtonnements se continuent pendant deux ans, trois ans peut-être, avec des succès variés et avec la persuasion qu'on est chaque jour prêt d'atteindre à une réussite complète. Ici l'on peut m'en croire, car c'est d'après ma propre expérience que je parle. Chez d'autres personnes la durée des expériences sera moins longue; mais pour tout fabricant qui veut essayer quelque modification aux anciens procédés, des pertes sont inévitables sur la quantité de matières employées, pendant un temps plus ou moins long; car ce n'est qu'à ce prix qu'on se livre à des expériences dont le succès ne peut jamais être d'avance assuré, ou dans lesquelles il faudra modifier plusieurs fois avant d'arriver à la réussite. Et vous allez contraindre ces expérimentateurs à déclarer chaque jour aux employés du fisc la quantité de jus qu'ils extraient des betteraves et qu'ils vont soumettre à leurs expériences; et ces employés vont prendre en charge à leur débit la quantité de sucre que vous jugez qu'ils devront extraire du jus!....

Dans une fabrique nouvelle, établie loin des centres de cette industrie, la position n'est guère plus brillante, pendant assez longtemps, que chez l'expérimentateur dont je viens de parler. Les premiers travaux n'y sont réellement qu'une série d'expériences. Un propriétaire entouré d'hommes entièrement étrangers à cette industrie, et n'en connaissant lui-même le plus souvent que ce qu'il a pu observer pendant quelque temps dans un atelier de fabrication, croit communément qu'il lui sera facile d'imiter les procédés qu'il a vus en cours d'exécution ; mais que de mécomptes, que de tâtonnements, que d'opérations défectueuses, soit par la faute du chef, qui manquait de l'expérience pratique suffisante , soit par le défaut du concours d'hommes propres à le seconder et qui ne peuvent se former qu'à la longue ! Dans la seconde campagne, dans la troisième, plus tard peut-être, on travaillera mieux ; mais en attendant, les betteraves et la houille se consomment, et les produits sont minimes et de qualité inférieure.

Si l'on ne m'en croit pas sur ce point, que l'on consulte les faits ; que l'on observe l'état dans lequel se trouvent les fabriques placées hors des grands centres de la fabrication du sucre, en comparant attentivement les circonstances générales qui peuvent favoriser cette industrie dans les diverses localités. Chaque fabrique en particulier a ses périodes d'enfance, de jeunesse et d'âge adulte. Il en est de même pour tout un canton, relativement à l'industrie en général, ou à une branche spéciale d'industrie, de l'agriculture comme de l'industrie manufacturière. Jamais et dans aucun pays on n'a vu ce changement soudain qui ferait passer sans transition une population autrefois arriérée à un état industriel perfectionné. Pour une fabrique placée dans un tel canton, le temps d'enfance et de jeunesse sera donc beaucoup plus long qu'ailleurs ; et il sera bien plus long encore s'il faut, comme dans le cas présent, que l'art agricole reçoive d'importantes améliorations, en même temps que l'on y fait naître et grandir une branche d'industrie manufacturière. C'est pour cela que dans toutes les fabriques qui ont à lutter contre les difficultés qui naissent de leur position dans un canton arriéré sous le rapport industriel, en même temps que la matière première s'établit pour elles à un prix de revient extrêmement élevé, à cause de l'imperfection des procédés de culture, les opérations ne sont en réalité, pendant plusieurs années, qu'une suite de succès et de revers dans lesquels on éprouve des pertes souvent très-considérables sur les produits de la quantité de betteraves que l'on met en fabrication.

Et ce n'est pas assez de ces difficultés et de ces embarras ; il faut encore qu'on vienne dire au fabricant cultivateur : Le quintal de sucre revient à tant dans les anciennes fabriques du Nord ; il faut que vous le produisiez au même prix, non pas dans dix ans, non pas dans deux ans, mais dès demain. Voilà l'impôt, voilà l'exercice, voici le dégrève- ment. Produisez à ce prix ou fermez vos ateliers. Et dans toutes les fabriques placées ainsi dans les départements encore arriérés en industrie, les employés du fisc pren- dront inexorablement en charge la quantité de sucre que l'on présume pouvoir provenir en fabrication régulière du jus de betteraves qu'on y obtient chaque jour ; et l'on for- cera les fabricants à représenter, à l'inventaire suivant, les masses de sucre qu'ils n'ont pas obtenues, ou à payer l'impôt pour le déficit.

On dira à cela que les règlements de l'exercice ont prévu le cas et qu'on pourra distraire des charges le mon- tant des pertes régulièrement constatées par les employés. Mais comment donc constater ces pertes ? A chaque chau- dière dont le sirop prendra une tournure défavorable, faudra-t-il appeler les employés, qui habitent peut-être à deux ou trois lieues de distance ? Mais il faudra souvent ainsi les appeler trois ou quatre fois par jour ; et vien- dront-ils ou viendront-ils à temps ? Après quelques jours, voudront-ils reconnaître le produit d'une opération faite à tel jour, dans des formes qui cristallisent mal et dont on ne tirera que la moitié, le quart peut-être du sucre qu'on aurait dû en obtenir avec une bonne fabrication ? Comprend-on combien de difficultés, d'incertitude, d'ar- bitraire et d'abus doivent naître inévitablement d'une telle combinaison ? Et quel propriétaire voudra s'exposer aux conséquences d'un tel état de choses ?

Qu'on me permette d'ajouter encore un mot sur l'exer- cice. Je suppose qu'on crée dans un atelier un procédé nouveau qui sorte entièrement du cercle des prescriptions de la loi ; et la supposition que j'établis ici n'est nullement une fiction, car elle est fondée sur des faits très-positifs, qui doivent être aujourd'hui bien connus de l'administration. La loi ou l'ordonnance qui a provisoirement force de loi oblige le fabricant à déclarer la contenance de sa *chaudière à déféquer*, et c'est cette contenance qui sert de base aux prises en charge et à tout le système de l'exercice. Mais si dans le procédé nouveau dont je parle on n'opère pas de défécation comme dans les anciens procédés, si l'on n'a ni chaudière à déféquer, ni aucun autre vaisseau qu'on puisse lui assimiler pour les prescriptions de la loi, le fabricant sera-t-il admis à dire à l'administration : Je suis libre d'employer le procédé qui me convient, c'est à vous à demander une loi qui puisse se concilier avec lui ? une nouvelle loi viendra-t-elle établir de nouvelles prescriptions en rapport avec ce nouveau procédé ? Mais l'année prochaine l'invention d'un autre procédé viendra dérouter toutes les mesures qu'on aura prises. En attendant, le texte de la loi est précis ; il exige du fabricant une déclaration qu'il lui est impossible de faire. Quelle que soit la loi, l'administration sera-t-elle en droit de faire fermer tous les ateliers où l'on emploierait un procédé dans lequel le fabricant, par la nature des choses, ne pourrait se soumettre aux obligations que la loi lui impose ? On peut juger par-là s'il est raisonnable de vouloir soumettre à l'exercice une industrie dont les procédés ne sont pas encore fixés, et qui est sans cesse à la recherche des améliorations qu'on pourrait y apporter.

La perception de l'impôt n'est possible qu'autant que cette industrie se concentrera dans de grandes fabriques et sur une petite portion du territoire. M. *d'Argout,* qui voit très-clair en ces matières, l'a dit nettement dans l'exposé des motifs du projet de loi qu'il avait présenté, et aucun administrateur après lui n'a dû, je pense, se faire d'illusion sur ce point : on peut ajouter que cette perception n'est possible qu'en supposant que les procédés de fabrication n'éprouveront pas de changement notable. L'impôt en lui même tend en effet à concentrer la fabrication entre les mains des grands spéculateurs; car ce n'est pas pour une petite affaire que personne consentira à se soumettre aux gênes et aux entraves de l'exercice. Il tend aussi à arrêter la propagation de cette industrie dans toutes les localités où elle ne peut former une spéculation immédiatement profitable, c'est-à-dire dans les $^{19}/_{20}$ de la France. L'impôt tend également, comme je viens de le faire voir, à arrêter tous les progrès que pourraient faire les procédés de fabrication. Dans tout cela l'impôt est donc conséquent avec lui-même ; mais tout cela est diamétralement opposé aux intérêts réels du pays et surtout aux progrès de l'agriculture dans toutes les parties du royaume où cet art est encore peu avancé.

C'est donc vers le rappel de la loi qui a établi provisoirement l'impôt que doivent tendre les désirs de tous les hommes qui comprennent la situation ; et les vœux manifestés par les organes de l'industrie seraient unanimes sur ce point, sans l'intervention de quelques intérêts privés qui ont coutume de se substituer ici à ceux de l'industrie en général. C'est un mal déplorable pour l'industrie du sucre indigène que les suites de cette séparation mal déguisée d'intérêts entre la masse des producteurs, principalement des producteurs agricoles et de quelques grands industriels qui, en se présentant comme les défenseurs de cette industrie, dirigent cette défense dans un plan combiné d'après des vues particulières. Il est facile de comprendre le manque d'ensemble qui est résulté, depuis plusieurs années, de cette complication d'intérêts et de vues dans la défense de cette industrie : de la part des hommes confiants et agissant sans arrière pensée, beaucoup de fausses démarches ou un assentiment aveugle à des réclamations dirigées de manière à les livrer au mal qu'ils voulaient éviter; de la part des habiles qui avaient l'oreille du pouvoir, des encouragements secrets à des mesures propres à arrêter un développement d'industrie que l'on trouvait immodéré ; des insinuations et des renseignements auxquels personne ne pouvait répondre, parce que personne n'en avait connaissance.

Lorsque tout récemment, dans le commencement du mois d'octobre dernier, le Gouvernement faisait annoncer par ses journaux l'intention qu'il avait alors de supprimer l'impôt sur le sucre indigène et d'établir un dégrèvement sur le sucre colonial, comment cette détermination a-t-elle été accueillie par la classe des grands fabricants que je veux désigner ici ? Par des expressions d'humeur et de mécontentement. Aujourd'hui encore, que demandent-ils ? Est-ce le rappel de la loi d'impôt et d'exercice ? En aucune façon. Au contraire, on invoque la loi du 18 juillet 1837 comme un contrat auquel on ne veut pas renoncer pendant les deux années au moins dont elle embrasse les prévisions ; on repousse d'avance tout projet de loi qui tendrait à changer les relations actuelles entre les deux industries. L'épreuve n'a pas été assez longue, dit-on. Laissez donc subsister l'exercice dans la combinaison où il avait été adopté, et attendez que cette combinaison porte ses fruits..... L'épreuve n'a pas été assez longue ? Mais, au milieu de l'essor que prend l'industrie du sucre chez les autres nations de l'Europe, ne serait-ce pas déjà un grand mal que le temps d'arrêt qui résulte depuis quelques années en France du système qu'on a adopté ; et croit-on qu'il faudrait que cette épreuve durât longtemps pour nous faire perdre la supériorité que nous avions acquise dans cette industrie ? Mais ce n'est plus d'un temps d'arrêt qu'il est question aujourd'hui ; c'est une marche rétrograde rapide qui s'est déjà manifestée, et qui ferait d'effrayants progrès si l'on voulait faire durer plus longtemps cette dangereuse épreuve.

Déjà, en effet, l'expérience a accru partout la répugnance qu'inspire l'exercice, excepté dans quelques fabriques où il a été accueilli comme l'ami de la maison. On sait bien partout que l'exercice de l'an prochain serait encore bien autre que celui de cette année. Il est bien clair, en effet, que l'administration, désirant obtenir le vote de l'exercice dans la session actuelle, a dû prendre tous les moyens qui dépendaient d'elle pour pouvoir dire aux Chambres : Vous voyez, les opérations marchent sans difficulté et sans exciter trop de plaintes. Tous les employés ont donc dû recevoir pour instruction d'être fort coulants sur les difficultés qui pourraient se présenter. Le fiancé se fait aimable autant qu'il le peut; mais, que l'union devienne indissoluble, et l'on verra alors à nu l'humeur du conjoint que l'on voudrait donner à l'industrie. Et malgré toute cette réserve, les entraves de l'exercice ont déjà paru partout si pesantes, qu'un profond découragement s'est emparé de la plupart des fabricants : beaucoup ont cessé leurs opérations dès cette année; un plus grand nombre encore ont manifesté à l'administration l'intention bien arrêtée de ne pas fabriquer l'an prochain, si la loi d'impôt n'est pas révoquée. Plusieurs ont déjà transporté leurs fabriques en Allemagne, où ils trouvent la franchise d'impôt et une protection de tarifs équivalant à ce qu'elle était en France avant l'établissement de l'impôt sur le sucre indigène. Les contre-maîtres, les chefs ouvriers cèdent de toutes parts aux offres qui leur sont faites par des fabricants étrangers. Voilà les fruits que devait porter infailliblement l'asservissement auquel on veut soumettre cette industrie dans notre pays. Et la situation vous plaît; vous trouvez que l'épreuve n'a pas été assez longue. Ce sont ces fruits qu'il faut attendre patiemment, nous dit-on; sans doute jusqu'à ce qu'il ne subsiste plus en France que quelques grandes fabriques survivant au désastre général.....

Il est fort pénible d'avoir à dire ces choses. Que l'on ne croie pas, au reste, que j'ai voulu attribuer à tous les grands fabricants de sucre les vues et les démarches dont j'ai parlé dans tout ceci. Il en est plusieurs, parmi les hautes notabilités de cette industrie, qui ont compris autrement la défense des intérêts communs; et ceux-là, je serais très-fâché qu'on pût croire que j'ai voulu les désigner ici. Mais on comprendra qu'il y avait ici nécessité de parler sans réticence, et que toute défense de cette industrie était impossible si l'on ne mettait à découvert la complication d'intérêts qui a amené la position critique où elle se trouve placée.

En effet, lorsqu'une industrie a été aussi mal défendue pendant dix années, supposez-la placée en même temps en face d'intérêts rivaux actifs, puissants, bien compactes et décidés à pousser leurs prétentions jusqu'aux dernières limites, et vous trouverez facilement l'explication de ce qui est arrivé; d'abord l'administration amenée depuis quelques années à l'adoption d'un système déjà revêtu d'une demi-sanction législative, et dont l'effet serait d'apporter des entraves presqu'insurmontables aux développements de l'industrie du sucre; et ensuite, les prétentions des adversaires du sucre indigène croissant avec le succès, le Gouvernement entraîné, comme nous le voyons aujourd'hui, par une pente irrésistible, à la grande surprise de nos habiles, à proposer des mesures extrêmes qui l'inquiètent et l'étonnent lui-même, on peut en être assuré, et dont le résultat équivaudrait à la prohibition de la fabrication du sucre en France. Tout cela était naturel; et l'on pouvait s'y attendre d'après la marche que prenaient les choses.

Cependant, pour la faute de quelques hommes, la France entière est-elle destinée à perdre l'industrie du sucre indigène? C'est là la question que l'on doit poser aujourd'hui; et cette question, les Chambres vont être appelées à la décider. Au milieu de ces vues et de ces intérêts divers elles sauront, n'en doutons pas, discerner les véritables intérêts du pays. *Le statu quo que réclament aujourd'hui quelques personnes, c'est-à-dire l'impôt et l'exercice, c'est le monopole des grands établissements industriels au préjudice des petits, de quatre départements au préjudice du reste du royaume. L'aggravation du dégrèvement serait l'anéantissement complet d'une industrie qui a droit à vivre et à être protégée, de même que toutes les autres industries nationales.* Les chambres comprendront certainement ces vérités et les prendront pour base de leur décision, s'il était possible que l'administration persistât dans les projets auxquels elle semble s'être laissé entraîner.

Que dire maintenant de cette autre combinaison tortueuse et compliquée, par laquelle on propose d'exiger beaucoup d'argent des deux industries productrices, afin d'en rendre beaucoup à la sortie des sucres raffinés ? Le moyen, c'est d'abaisser le chiffre du rendement des sucres au raffinage, tandis qu'on sait bien que ce chiffre est déjà beaucoup au-dessous du rendement réel avec les procédés actuels des raffineries. On veut exporter de grandes masses de sucre en Grèce, dans l'Orient, en Italie, etc.;.... mais est-on bien sûr de supplanter sur ces marchés l'Angleterre et la Hollande, et combien de temps faudra-t-il pour y parvenir ? Si l'on réussit, tant pis pour le trésor, car on n'a pas encore perdu la mémoire des abus qui résultent de l'exagération des primes de sortie. Si des circonstances politiques ou commerciales qu'on n'a pas prévues ferment ces débouchés, ou en limitent l'étendue, ou seulement en retardent l'exécution, tant pis pour les industries productrices, car elles ne peuvent manquer de succomber sous les charges dont on veut dès demain les écraser. Cette combinaison, au reste, a vraisemblablement peu de chances d'être accueillie ; mais ce qu'il faut faire remarquer, parce que cela est très-significatif, c'est qu'elle a été imaginée par une classe de fabricants de sucre indigène, qui chercheraient dans le monde entier les moyens d'éviter l'adoption d'une mesure simple et facile qui se présente à tout le monde et dont le résultat serait l'affranchissement de leur propre industrie par le rappel de la loi d'exercice. Rien n'est plus instructif que ce rapprochement pour faire comprendre les vues d'une certaine portion de la classe industrielle intéressée dans la question.

Pour trancher les difficultés dans le conflit entre les deux industries rivales, M. *Duchatel* n'avait pas trouvé d'autre moyen raisonnable qu'un dégrèvement modéré sur le sucre colonial, en laissant la production intérieure se développer sans exercice et sans impôt. Sans doute cette mesure aurait été fatale à un assez grand nombre de sucreries françaises qui ne sont pas encore en état de supporter l'abaissement de prix qui en serait résulté. Cependant, comme on comprend qu'il est nécessaire de faire quelque chose en faveur des colonies dans la position critique et digne d'intérêt où elles se trouvent, tous les hommes de sens se seraient résignés, et l'industrie indigène, libre des préoccupations et des entraves inséparables des formes et des exigences de la fiscalité, aurait pu du moins concentrer ses efforts vers l'amélioration des procédés de fabrication et surtout des procédés de culture de la betterave. La force des choses ramènera certainement à ce plan, car il serait difficile de trouver ici aucune autre combinaison raisonnable. Mais la mesure serait incomplète, dans l'intérêt des deux industries productrices, si l'on n'accordait pas aux colonies, dans de certaines limites et avec certaines réserves, l'autorisation qu'elles demandent avec tant de raison, celle d'exporter directement à l'étranger l'excédant de leurs produits en sucre.

POST-SCRIPTUM.

Cette feuille était sous presse lorsqu'on m'a donné connaissance d'une inculpation adressée à la fabrication du sucre de betteraves, par un délégué des colonies, qui témoigne le regret que dans une année comme celle-ci, les terres qui ont été employées à la culture des betteraves, n'eussent pas produit du blé. A une époque où les subsistances sont momentanément à un prix fort élevé, il ne serait pas impossible que l'on s'efforçât de donner du retentissement à une semblable idée. Sans doute elle sera facilement appréciée par les hommes qui ont quelques connaissances des opérations de l'agriculture, et qui savent bien que l'introduction de la culture de la betterave accroîtra toujours, au lieu de la diminuer, la production du froment. Cependant il m'a paru nécessaire d'y faire une courte réponse.

Le même terrain ne peut produire plusieurs années de suite des céréales et surtout du froment. Il faut donc faire alterner les céréales avec d'autres récoltes ou avec rien, c'est-à-dire laisser le sol inculte pendant tout le temps qu'il ne produit pas des céréales. Cette dernière méthode est celle des cantons fort arriérés en culture ; et là on n'obtient que de chétives récoltes de céréales, parce qu'on ne peut entretenir qu'un très-petit nombre de bestiaux, et qu'on produit par conséquent très-peu de fumier. Dans un état plus avancé de la culture, c'est-à-dire dans les assolements alternes, on intercalle entre les récoltes de céréales des récoltes sarclées et des prairies artificielles. Alors on entretient beaucoup de bétail, on donne beaucoup de fumier aux terres et l'on obtient des récoltes de céréales beaucoup plus considérables. C'est ainsi que dans la plupart de nos départements du centre où l'on ne cultive que des céréales, le produit moyen du froment ne dépasse pas 10 à 12 hectolitres par hectare, tandis que dans beaucoup de parties des départements du Nord, sous l'empire des assolements alternes, le produit moyen par hectare s'élève à 20 ou 25 hectolitres, dans des sols qui ne sont pas naturellement plus fertiles que ceux des départements du centre, et qui ne doivent qu'à une bonne culture longtemps continuée cet excédant de produit.

Et si chaque hectare produit ici une quantité double de froment, il ne faut pas que l'on croie que l'on consacre à cette récolte moins de terres dans les assolements alternes que dans les plus mauvais assolements. Au contraire, on y en consacre ordinairement davantage, car le manque de fumier force souvent à laisser reposer les terres pendant plusieurs années, si l'on ne veut pas que les produits tombent presque à rien. On peut au reste s'en fier à l'intérêt des cultivateurs, pour étendre autant qu'ils le pourront la culture du froment ; car c'est toujours et partout celle qui donne en moyenne le produit net le plus élevé. *Le froment est la récolte d'or du fermier,* a dit le célèbre *Thaër ;* et c'est *Thaër* qui a introduit et propagé les assolements alternes sur le continent européen. Aussi partout on voit les cultivateurs, en quelque système de culture que ce soit, s'efforcer d'étendre autant qu'ils le peuvent la culture du froment ; et les assolements alternes peuvent seuls leur fournir le moyen d'accroître la récolte de cette céréale, à cause de l'abondance de fumier qu'ils leur procurent.

On peut juger par là combien serait chimérique la crainte que l'extension de la culture de la betterave nuisît à la production des céréales : dans de bons assolements jamais la betterave ne vient à la place que pourrait occuper le froment ; mais elle lui succède ou elle le précède. Si l'on peut citer quelques cas où un cultivateur aurait forcé la culture des betteraves au détriment de celle des céréales, cela tient à des circonstances tout-à-fait exceptionnelles ; et c'est une anomalie qui ne se perpétuera pas, car c'est dans les assolements où elle alterne avec les céréales et les prairies artificielles, que la betterave peut être cultivée avec le plus de profit. Pour une exploitation où l'on pourrait observer la combinaison dont je viens de parler, il en est cent dans lesquelles l'introduction de la culture de la betterave a déjà accru beaucoup la production du froment, et où elle continuera à l'accroître progressivement dans une grande proportion.

La cherté du froment, dans le moment actuel, est due à une cause bien simple, à la faiblesse de la dernière récolte, malgré de fort belles apparences avant la moisson. La hausse a pris d'autant plus d'intensité, que ce résultat n'est pas particulier à une des régions du Royaume, mais qu'il s'étend non seulement sur toute la surface de la France, mais sur l'Europe tout entière. Ce n'est donc pas sérieusement que l'on pourrait en accuser la culture de la betterave en France ; et pour l'avenir, s'il est un moyen d'atténuer autant que possible les variations inévitables dans le prix des subsistances, et d'accroître la production du froment, c'est la propagation des assolements alternes, que la culture de la betterave amènera toujours à sa suite ; car, dans cette combinaison agricole, on produit non seulement le pain en proportion plus considérable que dans toute autre, mais aussi la viande, dont la consommation commence à prendre tant d'extension dans les populations rurales.

FIN.